AF300844

Bereits erschienen:

* Maldoron (2017)

* Die Gewölbe von Vuswal (2017)

* Maknova Gazette (2019)

* Das Monster vom Quamtrem (2020)

* Quamtrem Chroniken

      1) Helmkators Frau (2022)

Simone Menzenbach

Quamtrem Chroniken

Sonderausgabe

Golfopoulet

- Maldoron-Kurzgeschichte -

-Fantasy-

Bibliografische Information der Deutschen Nationalbibliothek: Die Deutsche Nationalbibliothek verzeichnet diese Publikation in der Deutschen Nationalbibliografie, detaillierte bibliografische Daten sind im Internet über http://dnb.dnb.de abrufbar.

Herstellung und Verlag

BoD – Books on Demand, Norderstedt

Assistenz: Maria Vollmer

ISBN: 9783756837946

<u>**Glossar**</u>

Ein kurzer Überblick für all jene, die „Das Monster vom Quamtrem" nicht gelesen haben…

<u>Der Ostwaldclan</u>

Der Ostwaldclan ist eine Trollgemeinschaft im äußersten Südosten des Quamtrem-Plateaus. Angeführt wird er von einem Ältestenrat, unter dem Vorsitz von Quell und Drainar.

Neben Betrieben wie Schmiede, Bäckerei, Milchcafé, Fleischerei und Schneiderei, verfügt das Dorf über eine eigene Schule und ein Haus der Götter. Damit gilt der Clan auf dem Plateau als wohlhabend.

Der einzige Mensch auf dem Quamtrem ist der Druide Aarl. Er sorgt für die Gesundheit der Trolle, wozu gelegentlich ein Zahn-Heil-Tanz gehört. Er hat in Maknova Druidentum und Trollologie studiert und gilt als sehr belesen und freundlich. Das gesamte Plateau beneidet den Ostwaldclan um ihn und nimmt lange Wege in Kauf, um an seiner Hilfe teilhaben zu können.

Die jungen Trolle Lissa, Thimor, Orf, Allun und Kvin gehören ebenfalls diesem Clan an. Sie haben nicht nur die Existenz der Hydren aufgedeckt, sondern auch den Zwerg Helmkator gefunden. Sie haben eine innige Freundschaft mit den „Neulingen" geschlossen und sind häufig zu Gast am Blauen See.

Thimor ist ein jugendlicher Troll, der von seinem Clan ausgeschickt wurde, um einen Beruf zu erlernen. Mit der Hilfe des Heilers Aarl und seines Freundes, dem Zwerg Helmkator, hat er sich als erster Troll an der berühmten

Benman-Universität in Maknova eingeschrieben. Er belegt die Fächer Geschichte, Synkalin, Trollologie, Zwerginistik und Humanistik und besucht darüber hinaus die Arbeitsgemeinschaften Mathematik, Schönschrift und allgemeine Naturwissenschaften. Sein größter Wunsch ist es, der Nachfolger des Schulmeisters im Ostwaldclan zu werden und kleine Trolle auf die große, weite Welt vorzubereiten.

Thimors Schwester Lissa ist ein aufgewecktes Mädchen, welches sich von einer wahren Nervensäge, zu einer einfühlsamen und verantwortungsbewussten jungen Dame entwickelt hat. Während ihrer Schulzeit besuchte sie Veranstaltungen des Heilers Aarl und war aktives Mitglied im DRK, dem druidischen roten Heilkreis. Ihr Berufswunsch „Druide" hat sich nicht geändert. Zurzeit studiert sie Druidentum, Trollologie, Zwerginistik und Humanistik in der Benman-Universität in Maknova. Als Nebenfach hat sie Kreaturen belegt, um im Zweifelsfall auch den Hydren helfen zu können. In ihrer Freizeit ist sie begeisterte Anhängerin des Golfospiels und Schirmherrin des Golfopoulet Zuchtprogramm der Universität.

Hinweis

Zusätzliche Informationen findet ihr auf der Webseite **www.maldoron.de**

Viel Spaß bei der Erkundung!

Golfopoulet

Es war stockfinstere Nacht, als Sandrus leise die Tür hinter sich schloss. Er sog die frische Luft ein und versuchte, ohne großen Erfolg, ein Gähnen zu unterdrücken. Mit Wanderstab, Rucksack sowie Pfeil und Bogen, machte er sich auf den Weg. Ein anstrengender Tag lag vor ihm. Einmal in der Woche ging er auf die Jagd, um den Speiseplan der Trolltaverne aufzubessern und heute war dieser Tag.

Während seine Frau Lana sich um den Garten und die dahinter liegenden Stallungen kümmerte, zog es ihn hinaus in den Wald. Grabits, eine Kaninchenart, Wildsäue und mit ein bisschen Glück sogar ein Hirsch warteten auf ihn. Den deftigen Eintopf für den Mittagstisch hatte er bereits am Abend zuvor zubereitet, jedoch für die Abendgesellschaft, wenn sich die Trolle des Umlandes zu Rübenbier und Musik im „Brunnen" einfanden, musste noch die nötige Mahlzeit beschafft werden.

Sandrus ließ die Umzäunung hinter sich und strebte dem Waldrand im Süden entgegen. Die Taverne lag an einer Kreuzung in einem Wäldchen. Der Weg nach Westen führte über die Geröllhalden weiter zum Felsenbachclan, im Norden ging es zum Orgratgipfel und weiter nach Schattenseite. Im Osten lag das Trolldorf Ostwald. In den Süden führten einige Trampelpfade durch dichten Wald. Optimale Bedingungen für den Standort einer Taverne.

Regelmäßig kamen Karawanen oder einzelne Händler vorbei. Die Clans im Süden hegten ein gutes Miteinander und besuchten sich häufig. Viele der Trolle hatten familiäre Bindungen zu den anderen Clans, sodass viele der Treffen im „Brunnen im Wald" stattfanden. Dies geschah mittlerweile so regelmäßig, dass Lana im letzten Jahr einige Gästezimmer eingerichtet hatte.

Dabei hatte alles, wie der Name der Taverne schon sagt, mit einem einfachen Steinbrunnen mitten im Wald begonnen.

Lana hatte das weitläufige Gelände von einer Großtante geerbt, die eine kleine Köhlerei betrieben hatte. Da standen sie nun mit einem Brunnen, einem riesigen Wald, durch den sich Schneisen gefällter Bäume zogen, einer winzigen Hütte und einem Berg Holzkohle.

Lana arbeitete zum Zeitpunkt der Erbschaft, in einer heruntergekommenen Taverne im Dorf Nebelzahn weit im Norden des Hochplateaus. Sandrus selbst hatte die Küche betreut. Sie hatten einander dort kennen gelernt und wollten heiraten. Doch der Wirt, Lanas Stiefvater, war dagegen. Er hielt beide knapp, zahlte ihnen wenig Lohn und vertröstete sie auf bessere Zeiten. Er ließ die Taverne verkommen und hortete das eingenommene Gold lieber unter dem Kopfkissen, als es in die Zukunft zu investieren.

Als die Nachricht von der Erbschaft in Nebelzahn eintraf, fiel es den beiden nicht weiter schwer, sich von der Vergangenheit zu trennen und den Sprung ins Ungewisse zu wagen. Sie hatten kein Geld. Gut! Aber sie hatten ein Dach über dem Kopf, einen Wald voller Wild und Pilze sowie genug Kohle, um zehn Winter durchzuheizen.

Nach einigen Tagen im neuen Heim sprach Sandrus über seine zündende Idee: „Mein Schatz, lass uns eine Taverne eröffnen. Wir wissen doch wie es geht. Warum sollten die vielen Trolle die täglich an unserer Haustür vorbei wandern nur das Wasser aus dem Brunnen genießen dürfen? Wir können mehr und der Bedarf ist da." Der Funken sprang sofort auf Lana über. Sie schmiedeten Pläne und in kürzester Zeit hatten sie gemeinsam einen Holzstand, Tische und Bänke gezimmert. Lana spendete ein Fässchen ihres würzigen, schon im hohen Norden beliebten Wurzelbieres und Sandrus kochte seinen legendären Wildeintopf.

Bereits am folgenden Tag stand Lana hinter dem Zapfhahn und Sandrus hinter dem großen Kupferkessel, sobald sich ein Wanderer näherte. Das Dargebotene wurde dankbar angenommen. Am ersten Tag waren kaum vier Stunden vergangen, da waren der Kessel und das erste Fass Bier geleert, dafür aber die Schale mit Münzen gefüllt. Den beiden Trollen wurde klar, das ihr Traum im Begriff war in Erfüllung zu gehen.

Kein Wanderer wollte mehr an ihrer Schänke vorbeigehen, ohne sich mit den dargebotenen Köstlichkeiten zu stärken. Warum sich an immer härter werdendem Wegbrot die Hauer ausbeißen, wenn es frische, wohlschmeckende Alternativen gab. Die Reisenden gaben den Geheimtipp in den Dörfern weiter und immer mehr Wanderer kamen zu ihnen. Viele von ihnen allein schon aus Neugier.

Sehr schnell wurde ihr Ausschank zu klein und es musste mehr Platz für die Gäste geschaffen werden. Um vor schlechtem Wetter Schutz zu bieten, kam eine Überdachung hinzu. Als die ersten Herbststürme aufkamen, stellte man Wände auf. Und schon entstanden Pläne für ein massives Steinhaus, dem selbst der Schnee nichts anhaben konnte.

Im Winter des ersten Jahres, wo traditionell weniger Verkehr auf dem Quamtrem-Plateau herrschte, erbaute das Paar den großen Speiseraum und in nur wenigen Monden entstand eine neue Taverne mit dem Namen „Brunnen im Wald"!

Im zweiten Jahr entstanden großzügige Obst- und Gemüsegärten, ein Gatter für die Lasttiere und Strohlager für die Händler und Wanderer. Der gemütliche Speiseraum lud ab der Mittagszeit zu Speis und Trank. In den Abendstunden kam es nicht selten zu spontanen Veranstaltungen, wenn das Wirtspaar einen wandernden Musikanten oder einen Geschichtenerzähler einlud. Sandrus bekam eine praktische, geräumige Küche und Lana braute nebenan ihr würziges Bier.

Dies alles war nun schon mehrere Jahre her und die Taverne hatte sich zu einem gut gehenden Geschäft entwickelt. Es kam sogar vor, dass Familien des Ostwaldclans am Wochenende zum Spaß bis zur Kreuzung wanderten, im „Brunnen" speisten und dann frohgelaunt den Rückweg antraten. Ja, die Götter hatten es gut mit ihnen gemeint und die beiden Trolle waren ihnen wahrlich dankbar.

Sie hatten die Brachen, die sich wie Einschnitte tief in den Wald fraßen, an die umliegenden Hirten und Bauern verpachtet. Selbst die Holzkohle der Großtante würde noch weitere drei Jahre reichen. Das und noch viel mehr ging Sandrus durch den Kopf, während er im Halbschlaf durch den Wald schlich.

Plötzlich war er hellwach. War das die Fährte einer Rotte? Seichte Abdrücke von Paarhufern zeigten sich auf der vom sanften Regen des Vortages aufgeweichten Erde. Die Wildschweine mussten ganz in der Nähe sein. Sandrus prüfte den Wind, nickte und schlich langsam näher.

Ein sonderbares Geräusch erklang in der Ferne. Eigenartig hoch und ganz leise. Sandrus schreckte zusammen und verharrte in geduckter Position hinter einem Eierpflaumenstrauch. Hatten ihm seine Sinne einen Streich gespielt? Aber nein, die Rotte musste es ebenfalls vernommen haben, denn diese preschte aufgeregt grunzend direkt über den Pfad vor ihm und verschwand, angeführt von einer beeindruckenden Matriarchin im Unterholz. Der Troll unterdrückte einen Fluch und machte sich an die Verfolgung.

An einem Bachlauf glaubte er fast, die Rotte stellen zu können, doch beim näher kommen entdeckte er nur einige frische Suhlen. Enttäuscht folgte er den Spuren der Graukittel längs eines Bachbetts, als er das Geräusch erneut vernahm.

„Golfo."

Sandrus warf die Stirn in Falten. Was sollte das denn bedeuten? Trieb da jemand einen Spaß mit ihm? Oder hatte er sich lediglich verhört? Allein im Wald konnte man schließlich die absonderlichsten Laute vernehmen.

„Golfooo.“

Da war es wieder. Es kam aus einem dichten Gesträuch zu seiner Linken. Nun, wer auch immer da im Geäst saß, würde sein blaues Wunder erleben.

Gebückt schlich er sich an das Versteck des vermeintlichen Unruhestifters heran. Nun sind Trolle bekanntlich groß, stark und laut, doch auf der Jagd macht ihnen niemand etwas vor. Kein Laut war zu vernehmen. Kein Blatt regte sich, kein Ast knackte, als er mit fellbesetzten Zehen durch das Unterholz schlich. Der Abstand zwischen Sandrus und seinem unbekannten Widersacher schwand immer mehr. Als er ganz dicht heran war, schob er seinen Wanderstock vor und schlug beherzt auf den Busch.

Dies würde jeden aus der Deckung schnellen lassen, egal ob Wildsau oder übermütiges Trollkind. Doch weder ein Graukittel, noch ein Halbwüchsiger ließ sich blicken. Lediglich ein weiteres und dieses Mal empörtes „Golfo!“ erklang, dessen Ursache Sandrus nicht auszumachen wusste.

Der Troll zuckte mit den Schultern, machte auf dem Absatz kehrt und setzte seinen Weg fort. Leicht vornübergebeugt, um die Wildspuren besser erkennen zu können, ging er einige seiner Fallen ab. Zwei Grabits und ein unvorsichtiges Hochlandhuhn landeten in seinem Rucksack. Als er die Klappe des Rucksacks über dem Huhn schloss, sah er sich verstohlen um. Er fühlte sich beobachtet. Da war es wieder, diese kaum merkbare Bewegung im Unterholz. Die Nackenhaare des Trolls richteten sich auf.

„Wenn du eines von diesen Feenbiestern bist, dann lass dir gesagt sein, dass ich heute nicht in Stimmung bin für schlechte Scherze.“

Der Wald zeigte sich unbeeindruckt.

Das Rascheln jedoch kam näher. Sandrus konnte es förmlich spüren. Seine fellbesetzten Füße schlichen auf die Bewegung zu. Er versteckte sich hinter dem Stamm einer mächtigen Steineiche und wartete. Es knisterte leise, gedämpftes Gegacker erklang. Der Troll runzelte die Stirn und äugte um den Stamm herum. Nichts zu sehen.

„Bei Elviannas loderndem Atem.“, fluchte er leise. Da, unter den ausladenden Blättern des Vorjahres bewegte sich etwas.

„Golfo“, klang ein gedämpftes Gackern zu ihm herüber. Etwas raschelte unter dem trockenen Laub auf ihn zu. Rasch ging er alle ihm bekannten Tierarten der Hochebene durch, aber keine wollte so recht passen.

'Eine gackernde Schlange? Wohl kaum.', schoss es Sandrus durch den Kopf. Obwohl, nach der Entdeckung einer ganzen Schar Hydren und einem Zwerg, der über zwanzig Jahre unerkannt auf dem Plateau gelebt hatte, war wohl alles möglich.

Er trat aus dem Schatten des Baumes hervor und auf den unbekannten Blätterkrabbler zu. Beherzt griff er in das welke Laub und rief: „Hab dich!“

Das Wesen, das er in seiner ausgestreckten Hand hielt, war mindestens ebenso überrascht wie er selbst. Unter einigem Gegacker erklang ein fragendes „Golfo?“

Sandrus betrachtete seinen Fund genauer. Auf seiner Hand saß ein winziges weißes Hühnchen und beäugte ihn mit vertrauensvollen, schwarzen Augen. Flauschige Federn bedeckten seinen Körper und die Stummelflügelchen. Der Allerwerteste hingegen, wies eine dicke Hornschicht auf.

„Du scheinst aber oft auf deinem Hintern zu landen, Kleiner.", grinste der Troll, was das Hühnchen mit einem aufgeregten „Golfo!" quittierte. Es hüpfte auf seiner Hand herum und schien erfreut darüber zu sein, so genau unter die Lupe genommen zu werden.

„Was bist du nur für ein komisches Kerlchen?", fasziniert schüttelt er den Kopf.

Da er diese Art noch nie zuvor gesehen hatte, beschloss er, dem Tierchen einen Namen zu geben. „Ich nenne dich ....

Golfopoulet!

Golfo, weil du es immer sagst und 'poulet' bedeutet im alten Trolldialekt ‚Hühnchen'. Du bist also ein Golfohühnchen! Gefällt dir das?"

Das frischgebackene Golfopoulet hüpfte einige weitere Male auf der großen Hand des Trolls und schien zufrieden. „Gut, dass wir das geklärt haben."

Sandrus setzte das Hühnchen wieder auf dem Laub ab und wandte sich zum Gehen. Er hatte kaum die Steineiche erreicht, hinter der er sich versteckt hatte, als in seinem Rücken ein empörtes „Golfo!" erklang. Er drehte sich überrascht um und sah, wie sich das kleine Wesen durch das dichte Laub auf ihn zu arbeitete.

„Was willst du denn?", erkundigte sich der Troll und sah auf den winzigen Fleck zu seinen Füßen hinab. „Hast du Hunger?" Er kramte in seinen Taschen und fand den letzten Rest seines Frühstücksbrotes. Rasch zerbröselte er es und warf es dem Hühnchen hin. Dieses stürzte sich auf die Brocken und kommentierte es mit begeistertem Gegacker. Sandrus nutzte die Gelegenheit und machte sich schnellstens aus dem Staub.

Nach knapp einhundert Metern stieß er auf einen ausgetretenen Pfad, der ihn tiefer in sein Jagdgebiet führte. Er folgte einer viel versprechenden Spur der

Wildschweinrotte und hatte sie schon am Ufer eines schmalen Wasserlaufs gesichtet, als sich von hinten lautes Gegacker näherte.

Das Golfopoulet legte sich mächtig ins Zeug und schien aus vollem Hals nach ihm zu rufen. Zielsicher und für ein solch kleines Wesen erschreckend laut, brach es einer Aerofantenherde[1] gleich durch das trockene Laub. Sandrus verdrehte die Augen, als die oberste Wildsau den Lärm bemerkte und den Kopf hob. Keine Minute später waren die Suhlen am Bachlauf wie leer gefegt und die Wildschweine im Dickicht verschwunden. Der Troll erhob sich wenig erfreut aus seinem Versteck.

Das Hühnchen, begeistert ihn zu sehen, umringte mit lautem Gegacker seine Füße. Mehrere Versuche, das kleine Wesen zu verscheuchen, schlugen fehl. Es reagierte weder auf Schreien noch auf Stampfen, sondern hüpfte aufgeregt mit seinen Stummelflügeln schlagend auf und ab.

Der Troll war der Verzweiflung nahe, als ihm endlich eine Idee kam. Wenn er heute noch ein passables Abendbrot erjagen wollte, musste er diesen gefiederten Unruhestifter loswerden. Er ergriff das ruhestörende Federvieh und setzte zum Wurf an. Das aufgeregte Hühnchen zwitscherte ein erwartungsfrohes <Fore> in sein Ohr, als sein Arm über seinen Kopf hinweg nach hinten schwang.

„Bei den Göttern! Was treibst du da?“

Ein Bein in der Luft und den Arm noch immer zum Wurf nach hinten geneigt, traf den Troll bei diesen Worten fast der Schlag. Er ließ das Hühnchen fallen, welches freudig quietschend zu Boden segelte. Erschrocken drehte sich Sandrus um die eigene Achse. Er senkte den Blick und

---

[1] Aerofanten: Fabelwesen aus der grauen Vorzeit Maldorons. Die haushohen, grauen Wesen mit den großen Ohren, sind als sagenhafte Flugkünstler bekannt, verhalten sich allerdings auf der Erdoberfläche wie … etwas sehr ungeschicktes im Porzellanladen.

erkannte, halb von einem Stechginsterbusch verdeckt, eine kleine schattenhafte Gestalt in einer langen Robe.

Sandrus kniff die Augen zusammen. „Aarl? Bist du das?"

„Natürlich!", rief der alte Mann und humpelte auf seinen Stock gestützt näher. „Wen hast du denn erwartet, die Königin der Waldnymphen?"

Der Troll zögerte kurz, um über die Verlockungen der Nymphen nachzudenken, und schüttelte vehement den Kopf: „Nee, die kleinen Biester machen nur Ärger! Da bist du mir tausend Mal lieber."

Aarl nickte anerkennend. „Gesünder für dich. Lana würde dir mit Genuss jeden einzelnen deiner Hauer ziehen und wer müsste dann darunter leiden und dich zusammenflicken? Genau! Ich!"

Der Troll grinste breit und streckte stolz seine Hauer vor. „Das würde ich dir nie zumuten wollen, alter Freund."

Aarl war der einzige Mensch, der dauerhaft auf dem Quamtrem-Plateau lebte. Er hatte vor langer Zeit Druidentum und Trollologie in Maknova studiert, und war bei der Recherche für seine Abschlussarbeit bis zum Ostwald-Clan vorgedrungen. Die in der Außenwelt als wild, rau und gefährlich geltenden Trolle[1] entpuppten sich in ihrem heimischen Umfeld als fleißige, wissbegierige und familienbewusste Lebewesen, die einer strengen Hierarchie unterlagen.

Eine Gruppe aus mehreren Dorfältesten bestimmte, ob ein Jugendlicher zur Ausbildung das Plateau verlassen und in

---

[1] ANM. d. Red.: Was zuletzt an den oftmals übertriebenen Berichten der Zwerge lag.[2]

[2] Die meisten dieser Zusammenstöße basierten auf der normalen Unachtsamkeit großer Personen kleineren Wesen gegenüber und unterlagen keiner im Vorhinein gehegten Absicht.[3]

[3] Ein Fakt, den die Zwerge wiederum nicht einsehen wollten und welcher ihnen den Ruf einbrachte halsstarrige, nachtragende kleine Mistkerle zu sein.

die Welt hinaus geschickt wurde. Sie entschieden, ob eine Straftat schwerwiegend genug war, um den betreffenden Troll vom Plateau zu verbannen und sie entschieden, dass es eine hervorragende Idee war, einen Heiler in der Nähe zu haben, ob nun Mensch oder nicht. Und so blieb Aarl. Das war vor über fünfzig Jahren gewesen, und nun stand er da, mitten im Wald und beobachtete wie sein Trollfreund versuchte kleine, weiße Hühnchen durch die Luft zu werfen.

„Was soll das Junge? Hates dir etwas getan?"

„Und ob!", behauptete Sandrus voller Inbrunst. „Dieses fedrige Monster verfolgt mich durch den ganzen Wald und verscheucht mir das Wild."

Aarl nickte betont ernsthaft und versuchte dabei krampfhaft, sich ein Lachen zu verkneifen. Noch nie hatte er Sandrus derart außer Fassung gesehen. Der Troll bemerkte die zuckenden Schultern des Freundes und schmollte.

„So, jetzt reicht es mir aber. Es tut mir leid Aarl, aber ich muss wirklich weiter. Dieses kleine Biest hat mich jetzt lange genug aufgehalten."

Der Heiler nickte verständnisvoll und deutete auf das Golfopoulet, welches aufgeregt um Sandrus' Füße herumhüpfte. „Nun, es scheint fliegen zu wollen. Schicke es mit deinem Stock auf die Weiden. Bis es den Weg zurückgefunden hat, bist du schon längst verschwunden."

Aarl schlenderte davon und Sandrus befolgte seinen Rat. Er drehte den Stock mit der Griffläche nach unten und machte einige zaghafte Probeschwünge. Das Huhn kletterte auf einen niedrigen Ast und beobachtete ihn neugierig. Es schien die Absicht des großen Trolls zu erahnen und hielt ihm immer wieder das verhornte Hinterteil entgegen. Trotz der Mithilfe des Huhns musste Sandrus den Vogel mehrfach neu ausrichten, bis der Schnabel endlich in Richtung Weiden zeigte.

Als Vogel und Troll endlich mit dem Ergebnis zufrieden waren, holte Letzterer sachte aus und versetzte dem kleinen weißen Wesen einen Schlag, dass es an drei Büschen und zwei Bäumen vorbei ins Unterholz verfrachtete. Ein erfreutes <Fooooore> verklang in der Ferne.

Sandrus seufzte erleichtert auf. Der kleine Kerl war ja ganz witzig gewesen, aber er hatte eindeutig genug. Schnell noch die restlichen Fallen kontrollieren und dann nichts wie weg, dachte er sich und wandte sich zum Gehen.

Der Wald um ihn herum erwachte plötzlich zum Leben. Die Rufe des Huhns schienen eine Antwort zu erhalten. Eine? Von wegen! Aus allen Richtungen erklang nun munteres <Golfo> Gegacker. Zunächst flitzte nur ein weiteres Hühnchen den Trampelpfad entlang auf den Troll zu und blickte erwartungsvoll zu Sandrus auf. Einen Augenblick später spähten zwei weitere unter einem Sonnenbeerstrauch hervor.

Bevor sich der Troll versah, gackerten fast ein Dutzend weiße Federbälle um seine Füße herum. „Nun!", kommentierte der Troll die Situation fachkundig. „Da ist mein Plan wohl nicht ganz aufgegangen, was?" Er ließ den Kopf sinken, seufzte und murmelte zu sich selbst: „Lana wird mir eine schöne Standpauke halten. Meine Jagdbeute füllt ja noch nicht einmal einen hohlen Zahn."

Hinter ihm wurden andere Geräusche laut. Sandrus wagte es nicht, sich umzusehen. Insgeheim schwor er sich jedoch, laut zu schreien, wenn noch mehr Hühner auf der Bildfläche erscheinen würden.

Zwei junge Trolle kamen des Weges und hoben grüßend die Hand. Lissa und Thimor waren auf dem Rückweg von einem der Nachbarclans, wo sie eine Tante besucht hatten. Einer plötzlichen Eingebung folgend, hatten sie beschlossen den Weg durch den Wald zu nehmen und unterwegs nach Pilzen Ausschau zu halten.

Lissas Schürze war randvoll und auch Thimors Studiertasche ließ sich bereits nicht mehr ordentlich schließen. Verwirrt betrachteten sie die aufgeregte Hühnerschar zu Füßen des Trolls. „Was hast du denn da gefunden?", fragte Thimor. Ganz werdender Schulmeister ging er in die Hocke und betrachtete die kleinen Wesen eingehend.

„Sind die nicht zu klein für eine Mahlzeit?", neckte Lissa.

„Hör' bloß auf. Die kleinen Biester vertreiben mir das ganze Wild. Wenn es so weitergeht, gibt es heute Abend nichts zu Essen."

Lissa und Thimor tauschten Blicke. „Das macht nichts. Du kannst die Pilze haben.", verkündete das Trollmädchen. „Und diese Kräuter habe ich ebenfalls gesammelt. Zusammen mit einem Zentner Knollen und einer deiner vorzüglichen Soßen, bekommst du alle Gäste satt."

Sandrus starrte seine Freunde an und war gerührt. „Ich danke euch. Aber ..."

„Kein aber, Sandrus. Wir geben Pilze und Kräuter bei Lana ab, wenn wir beim Gasthof vorbeikommen. Sieh du zu, dass du die kleinen Plagegeister los wirst.", lachte Lissa und machte sich mit Thimor auf den Weg.

Der große Troll raufte sich den Schopf und sah den Geschwistern hinterher. Lissa hatte gut reden. Loswerden…

Ein weiteres Hühnchen blieb mit lautem „pock-pock-pock" direkt vor ihm stehen, suchte halbherzig den Boden nach Würmern ab und streckte ihm das hornverstärkte Hinterteil entgegen. Was bei einem Hühnchen wirkt, wirkt vielleicht auch bei den anderen. Er griff nach seinem eisenbeschlagenen Spazierstock, stellte sich seitlich hinter das Hühnchen, holte aus und schlug zu. Der gebogene Handlauf des Stabs traf das Hühnchen punktgenau am

Allerwertesten. Das Golfopoulet rollte sich zu einem flauschigen Ball zusammen und schoss im weiten Bogen durch das Blätterdach des Waldes hinaus auf das Weideland zu.

Ein weiteres <Fore> erklang und wurde von der Hühnerschar zu seinen Füßen begeistert aufgenommen. Sie drängten sich an ihn heran und schienen unbedingt als Nächstes an die Reihe kommen zu wollen.

Vom schlechten Gewissen geplagt eilte Sandrus dem Hühnchen hinterher. Hatte er es verletzt? Doch seine Sorge war umsonst. Das Huhn saß wohlbehalten auf einem langgezogenen Grünstreifen, den die weidenden Herden der Trolle hinterlassen hatten, gluckste glücklich und zog an einem saftigen Wurm. Als es den Troll sah, lief es freudig auf ihn zu und hielt ihm erneut sein Hinterteil entgegen. Der Troll zuckte mit den Schultern und schlug erneut zu.

Wieder ballte sich das Huhn zusammen und hob ab. Sandrus beobachtete erstaunt, dass das Huhn, am Scheitelpunkt der Flugbahn angekommen, die Stummelflügel ausbreitete, und durch die Luft segelte. Nach sechzig Metern setzte der unvermeidliche Sinkflug ein. Der Troll hielt den Atem an. Er hatte nun verstanden, dass die Golfos eigentlich nicht fliegen konnten und lediglich den Gleitflug beherrschten. Ängstlich und mit halb zusammengekniffenen Augen wartete er auf den Einschlag. Doch der kam nicht. Das Huhn rollte geschickt ab und kullerte den Grünstreifen entlang.

Voraus befand sich das Loch eines Pfostens, der noch vor einigen Tagen die Viehweide begrenzt hatte; dahinter erhob sich hohes, saftiges Gras. Mit einem dumpfen <Plopp> verschwand das Huhn im Loch.

Sandrus, verfolgt von der verbleibenden Schar Golfopoulets, rannte die kurz gefressene Wiese entlang auf das Loch zu. Schon aus der Ferne konnte er ein wimmerndes „inthewhole" vernehmen.

Dies musste der Hilferuf der Golfos sein, denn die Hühnerschar um Sandrus geriet in helle Aufregung. Mit flatternden Stummelflügeln eilten sie ihm voraus und umringten das Loch. Der Troll griff vorsichtig hinein, umfasste das Hühnchen und richtete sich wieder auf. Er hielt das Golfopoulet auf der ausgestreckten Hand, während unter ihm freudiges Gegacker ansetzte, das nach <klappklapp> klang.

‚Man könnte fast meinen sie applaudieren mir.', dachte sich der Troll und lachte schallend.

Am frühen Nachmittag kehrte der Troll Sandrus erschöpft zum "Brunnen im Wald" zurück. Sieben Grabits und fünf Hochlandhühner über der Schulter, öffnete er die Küchentür und begrüßte seine überrascht dreinschauende Frau. In seinem Rucksack gackerte es verdächtig ...

Sechs Monde später …

Mein Name lautet Jockel Pencille und ich berichte heute live für die Maknova Gazette von der Maldoron Open Championship.

Wir befinden uns auf den Weiden von Bauer Hammerstiel, zwischen der inneren und der äußeren Stadtmauer von Maknova. Die verwinkelten Streifen zwischen den nördlichen und westlichen Wallwäldern bieten eine interessante Kulisse für unsere erste Golfoberichterstattung. Als zusätzliches Hindernis ist der große Löschteich zu nennen, der raffiniert in den Parcours integriert wurde und den Spielern einiges abverlangen wird.

Die Spielbahnen wurden mit weißen, gelben und roten Stäben markiert, um den Spielern die Außenlinien und geschützten Bereiche anzuzeigen. Besonders bemerkenswert ist der rot/schwarze Pflock, der Frau Hammerstiels Gemüsegarten markiert und mit einem hübschen Totenkopf geschmückt wurde. Man kann den Spielern nur empfehlen, diesen Bereich zu meiden.

Der erste Spieler betritt den Abschlag. Es handelt sich um Lissa Ostwald, einer jungen Trollstudentin vom fernen Quamtrem. Die junge Dame hat das „Golfospiel" mit in unsere schöne Stadt gebracht, womit ihr der erste Abschlag beim ersten offiziellen Golfoturnier Maldorons gebührt. Ihre Golfopoulets tragen hübsche lila Schleifen um den Hals und machen einen agilen Eindruck. Aufgeregt laufen sie um ihre Spielerin herum.

Die junge Dame scheint einige Schwierigkeiten zu haben, das auserkorene Hühnchen auf die kleine Hühnerstange zu setzen. Alle Hühnchen drängeln und wollen ebenfalls gespielt werden.

Ah, jetzt ist es so weit ..., das erste Huhn sitzt auf der Stange. Von Fachleuten wird die besagte Stange, übrigens wegen ihrer T-Form, einfach kurz "T" genannt. Dies als kleiner Einwurf für all diejenigen unter uns, die noch nicht alle Feinheiten der neuen Sportart verinnerlicht haben.

Huhn und Spielerin machen sich locker und nehmen die Grundposition ein. Lissa holt aus. Das Huhn hebt erwartungsvoll das verhornte Hinterteil. Lissa schlägt und trifft. Das Huhn hebt ab, es ballt sich zusammen und steigt auf. Immer höher geht die Reise. Auf dem Höhepunkt der Flugbahn streckt das Golfopoulet Flügel und Kopf heraus und gleitet auf den leichten Böen.

Aber was hören wir da? <Draw! Draw!>, erklingt es über unseren Köpfen. Oh nein, das Huhn ist von seiner geplanten Flugbahn abgekommen. Es driftet nach links ab. Doch da, mit einer leichten Korrektur der Flügelstellung passiert es haarscharf das Totenkopfschild von Frau Hammerstiel. Ein Glück für Lissa. Frau Hammerstiels Gesichtsausdruck lässt nichts Gutes erahnen oder liegt es an der Mistgabel in ihrer Hand?

Das Golfopoulet geht in den Sinkflug über, zischt an Heuschober und Misthaufen vorbei, rollt ab ... und ... kommt vor dem Hühnerstall zu liegen. Trotz des Hooks ein hervorragender Schlag von Lissa! Wollen wir hoffen, dass das Hühnchen professionell genug ist an Ort und Stelle zu bleiben und nicht für einen kleinen Snack im Hühnerhaus einkehrt.

Der zweite Spieler macht sich bereit. Der Ork Ornak stammt aus den Sümpfen des Falberion. Als Handelsreisender hat er sich auf einer Geschäftsreise nach Maknova mit dem Golfo-Virus infiziert. Aus sicherer Quelle wissen wir, dass er die gesamte Strecke, über die Graslande der Goblins genutzt hat, sein Handicap zu verbessern. Er sollte also bestens vorbereitet sein.

Das Huhn sitzt auf dem "T", eine grüne Schleife ziert seinen Hals. Ornak tritt vor, holt aus ... und trifft. Das grünbeschleifte Huhn hebt ab. Oh? Oh weh! Sollten Ornak und seine Golfopoulets nach den ganzen Übungsrunden überspielt sein? Ich höre ein gekrächztes "Fade" in der Ferne verklingen.

Ja, es driftet ab, die Flug-Kurve geht nach rechts. Dort liegen der Löschteich und der dichte nördliche Wallwald. Das sieht gar nicht gut aus.

Das Hühnchen gerät in Panik. Da beschlägt es mir doch glatt das Fernglas. Es versucht einen Gleitflug nach links einzuleiten, und verliert zunehmend an Höhe. Fast hätte es die Wipfel einer großen Schlummereiche gestreift und kommt nun völlig ins Trudeln.

Meine lieben Leser, ich glaube, wir erleben hier einen akuten Fall von Strömungsabriss. Den zahlreichen Zuschauern entweicht ein kollektives Stöhnen. Erste Mütter halten ihren Kindern die Hand vor die Augen. Alle anderen verfolgen den spektakulären Absturz gebannt.

Das Golfopoulet dreht sich um die eigene Achse, fällt wie ein Stein vom Himmel und ... landet im Löschteich. Den Göttern sei Dank. Was für ein Pech für den tapferen Ork, der den langen Weg auf sich genommen hat, um diesem Spektakel hier in Maknova beizuwohnen.

Aber schon rudert eilig die bereitgestellte Hilfe heran und fischt das Hühnchen aus dem Wasser. Das gibt einen Strafschlag für Ornak! Das wird ihm gar nicht gefallen. Hoffentlich sind seine anderen Hühnchen besser in Form.

Während sich Torkbald Schieferbrecher für den ersten Schlag bereit macht, möchte ich ihnen von einer kleinen Anekdote am Rande berichten. Die Verbreitung des Golfospiels führte zu einem Aufruhr in Maknova. Der Verein zur Erhaltung seltener Lebensformen, demonstrierte mit zahlreichen Bannern gegen die Absicht die Hühnchen mit Stöcken zu schlagen.

Lissa und ihr Golfopoulet-Zuchtprogramm der Universität Maknova, luden die Verantwortlichen zu einem Ortstermin, um ihnen die Eigenheiten der Hühnchen nahe zu bringen.

Die hornbesetzten Hinterteile der Vögel wurden begutachtet und auf ihre Härte untersucht. Anschließend demonstrierte man den engagierten Bürgern die Angewohnheit der Hühnchen, jedes Wesen mit einem Schläger in der Hand aufzufordern, sie in die Luft zu befördern. Der Verein sah daraufhin von weiteren Protesten ab.

Die Mitglieder unterstützen seitdem das Zuchtprogramm der Universität, raten allerdings zur Suche nach Alternativen. Bekanntlich legen die Golfopoulets nur einmal im Monat ein Ei, womit die Population auch längerfristig ein überschaubares Maß nicht übersteigen wird.

Nun werden sie sich fragen, warum ich ihnen davon erzähle ... die Antwort folgt auf dem Fuße!

Unser dritter Teilnehmer, der Zwerg Torkbald Schieferbrecher, hat in diesem Bereich herausragende Forschungsarbeit geleistet. Es mag zwar ein wenig befremdlich wirken, wenn sein Assistent Basaltharsar Schiefer ihm fortwährend mit zwei prall gefüllten Taschen über das Spielfeld folgt, aber der Erfolg gibt dem Zwerg Recht.

Laut meiner Recherche enthält die erste Tasche diverse ungewöhnliche Werkzeuge sowie jeweils einen kleinen, portablen Schraubstock und Amboss. Die zweite Tasche enthält die Spezialgolfostöcke aus dem Hause Schieferbrecher, käuflich zu erwerben im Metallbieger Weg 7, Maknova.

Bitte entschuldigen Sie diese kurze Werbeeinblendung, aber dieser Fakt ist wirklich interessant. Statt gewöhnlicher Spazierstöcke mit eisenbeschlagener Spitze und gebogenem Griff verwendet der Zwerg Stäbe mit dem Griff am falschen Ende. Wo bei unerfahrenen Spielern die eisenbeschlagene Spitze zu unerfreulichen Verletzungen der Handinnenflächen führen kann, winden sich bei Torkbald elegant verflochtene Naturkautschukfäden, die seinen Händen den nötigen Grip geben und seine Haut schonen.

Die allseits bekannten gebogenen Griffe hat der technikbesessene Zwerg durch unterschiedlich geformte Köpfe ersetzt. Einige dieser experimentellen Stücke ragen aus der zweiten Tasche über der Schulter von Assistent Basaltharsar.

Torkbald ist bereit. In der Hand hält er seine neueste Erfindung, die er Chauffeur nennt. Der Kopf des Stabs besteht aus einem zwergischen Verbundstoff und wirkt seltsam aufgeblasen. Im Interview meinte Torkbald, dass er damit seine Golfobälle so richtig in Fahrt bringt.

Jawohl, sie haben richtig gelesen, der Zwerg spielt keine Hühnchen! Er hat einige Zeit darauf verwendet, kleine Bälle vom Gewicht eines Hühnchens mit Federn zu bekleben, konnte damit aber nicht das gewünschte Ergebnis erzielen. Ausfallende Federn und zahlreiche zerstörte Fensterscheiben im Umfeld seiner Werkstatt zwangen ihn zu drastischen Schritten.

1.) Er musste seine Probeschwünge in die Vororte der Stadt verlegen, um den erzieherischen Maßnahmen seiner Nachbarn zu entgehen. Diese hielten alles für einen Lausbubenstreich und machten sich zu Dutzenden auf die Suche nach den Unruhestiftern.

2.) Torkbald ließ die Federn weg und beschränkte sich darauf, seine Bälle weiß anzustreichen. Das vermied den zeitweiligen Federregen und gab auch gleichzeitig den Bällen eine bessere Flugfähigkeit.

Elegant schwingt der Zwerg seinen Chauffeur! Der aufgeblasene Kopf rast auf den Ball zu. Mit einem satten <PLONG> geht der Ball auf die Reise. Zurück bleibt ein leeres "T".

Hier sei zu erwähnen, dass der Zwerg auch die Hühnerstange umgestalten musste, um dem Ball, der keine krallenbewehrten Beinchen besitzt, einen besseren Halt zu geben. Das "T" sieht nun eher wie ein "I" aus, mit einer Kuhle für den Ball. Dieses veranlasste Torkbald die optimierte Stange "TI" zu nennen. Zwerge sind sehr nostalgisch.

Doch zurück zum Spiel. Der Ball des Zwerges landet sauber auf der Mitte der Weide. Eine hervorragende Lage! Applaus brandet auf. Er liegt genau zwischen Bauernhof und Löschteich, wo gerade ein ziemlich durchnässtes Hühnchen in der Dopingzone abgesetzt wird. Wie bereits gesagt: Das bedeutet einen Strafschlag für Ornak … und ein Handtuch für das Golfopoulet.

Wenden wir uns Lissa zu, die sich in Vorbereitung auf den zweiten Schlag dem Hühnerstall nähert. Doch was sehen wir da? Oh nein, der Hof-Wolf der Hammerstiels drängt das Golfopoulet in Richtung Hühnerstall. Tapfer versucht es, seine Position zu halten, doch der Wolf gebärdet sich wie wild. Seiner Meinung nach hat ein Hühnchen wohl außerhalb des Stalles nichts zu suchen. Ah! Da naht die Spielleitung. Der Wolf wird des Platzes verwiesen und muss seine Hütte aufsuchen. Was für eine Erleichterung!

Endlich können Lissa und ihr Huhn ihre Positionen einnehmen. Der aus Kies und Sand bestehende Untergrund, macht den Schlag für das Trollmädchen nicht einfacher. Tief gräbt sie ihre Füße ein, um sicheren Stand zu bekommen. Das Poulet ist bereit. Erwartungsvoll wackelt es mit dem Hinterteil, den Schnabel auf das ferne Ziel ausgerichtet. Der Spazierstab jagt heran, trifft das verstärkte Hinterteil und das Huhn fliegt über den Hühnerstall Richtung Fahne. Aber der Schlag war zu kurz. Fünfzig Meter vor dem Ziel berührt das Huhn den Boden und rollt mit dem restlichen Schwung aus. Schade! Da hat sie sich noch viel Arbeit für den dritten Schlag gelassen.

Wechseln wir hinüber zu Ornat. Er hat sein Hühnchen mittlerweile erfolgreich trocken gerubbelt und auf dem „T" platziert. Er nimmt Maß und schlägt zu. Das Huhn wählt eine niedrige, aber lang gezogene Flugbahn, um ein wenig Distanz auf die Konkurrenten gut zu machen. Aber was ist das? Mitten im Steigflug streckt der Vogel seinen Schnabel heraus, wie ungewöhnlich. Oh nein! Ein lautes „Hatschuuui" erklingt und wirft das Hühnchen aus der Flugbahn. Es trudelt auf den westlichen Wallwald zu und kann im letzten Moment in den Gleitflug übergehen, bevor es unkontrolliert in die Baumreihen kracht.

Trotz aller Bemühungen kann es dem Wald nicht mehr ausweichen und verschwindet im satten Grün/Braun der Landschaft. Lautes Muhen erklingt in der Ferne und lässt nichts Gutes erahnen.

Wenden wir uns Torkbald zu und folgen ihm und seinem Assistenten Basaltharsar über die Weide. Die Weide ist in einem hervorragenden Zustand. Bauer Hammerstiel hat in den letzten Tagen alle Hoftiere[1] zu Mäharbeiten herangezogen und eine schöne gleichmäßige Wiese hinbekommen. An dieser Stelle unser Lob an das gesamte Greenkeeperteam!

Wenn sie sich fragen, wo die elfische Alchimistin Indra Osk als vierte und letzte gemeldete Teilnehmerin abgeblieben ist, so müssen wir ihnen leider mitteilen, dass die Spielleitung eine Disqualifikation aussprechen musste. Fräulein Osk hat versucht, mit Nahrungsergänzungsmitteln das Flugpotenzial ihrer Golfopoulets zu erhöhen, was an sich keine unerlaubte Handlung darstellt.

Als beim Warmspielen die Golfopoulets auf dem Scheitel der Flugkurve den Nachbrenner zündeten und auf der dabei entstehenden Flamme, weitere hundert Meter zurücklegten, bevor der Sinkflug begann, musste die Spielleitung jedoch

---

[1] Lediglich der Stier wurde ausgenommen, der als leicht reizbar und angriffslustig gilt.

einschreiten. Gerüchten zu Folge hatte der beißende Geruch nach angesengten Federn starken Einfluss auf diese Entscheidung.

Man entdeckte im Futter der Hühnchen einige Körner, die auf eine Kreuzung aus Chili und Bohnen hindeuteten und somit die explosive Wirkung erklärten. Aus feuerschutztechnischen Gründen, mussten die Hühnchen aus dem Spiel genommen und bis zur Hüfte im Wasser des Löschteiches gelagert werden, bis die Wirkung nachließ.

Schade, die innovative Elfe hätte den Maldoron Open Championship weitere Würze hinzugefügt.

Torkbald nähert sich seinem Golfball, dicht gefolgt von Basaltharsar und der allseits groß in Szene gesetzten Stocktasche. Bei der Generierung potentieller Kundschaft scheint der Zwerg ebenso wenig Spaß zu verstehen wie beim Golfospiel. Fachmännisch betrachtet er die Lage des Balls. Eine schwierige Entscheidung!

Zwischen dem Ball und dem Pfostenloch fließt der Löschbach. Wild wuchernde Uferbepflanzung trügt das Idyll.

Schlägt er zu weit, läuft er Gefahr über die äußere Stadtmauer zu schlagen. Basaltharsar flüstert seinem Chef etwas ins Ohr, doch dieser schüttelt vehement den Kopf. Er murmelt etwas in seinen langen geflochtenen Bart und streckt fordernd die Hand nach hinten.

Der Assistent scheint innerlich zu seufzen. Er kramt in der Tasche und zieht einen Stock hervor? Was sehen meine entzündeten Augen? Der Kopf des Stockes ist aus Eisen? Auf eine solche Idee kann wirklich nur ein Zwerg kommen!

Torkbald schlägt! Der Ball vollführt eine vollkommene Kurve um den nahen Wald und kommt vor der Stadtmauer zum Liegen! Ein Meisterschlag! Der Ball liegt keine zwei Meter vom Loch entfernt.

Für die zahlreichen Schaulustigen wurde das Pfostenloch mit einer gelben Fahne markiert. Einige der von zwergischem Starkbier angeheiterten Gäste imitierten bereits den Kampfruf „In the whole." Dieser wird bekanntlich von den Golfopoulets verwendet, wenn sie Gefahr laufen, in ein Loch zu fallen. Wahrscheinlich halten die Zuschauer es für witzig, da Torkbalds Ball natürlich keinen Ton von sich geben kann.

Lissas dritter Schlag landet knapp drei Meter rechts vom Loch, knapp außerhalb des Grüns.

Doch wo bleibt unser orkischer Handelsreisende? Lautes Muhen erklingt aus dem Wald. Bauer Hammerstiel und die Spielleitung eilen aufgeregt in Richtung des Lärms. Schreie werden laut. Mir schwant Fürchterliches. Ein letztes empörtes „Muh!" erklingt und verhallt zwischen den mächtigen Stämmen. Minuten vergehen.

Aufgeregte Zuschauer und herbei geeiltes Bauernhofspersonal, erkundigen sich bei Frau Hammerstiel nach Neuigkeiten. Die auf Hochglanz polierte Forke kreist gefährlich, damit auch niemand dem Gemüsegarten zu nahe kommt. Einige zerrissene Hosenböden später, ist das Gemüse gerettet, doch weitere Informationen gibt es nicht.

Endlich, Bewegung am Waldrand. Der sympathische Ork verlässt, auf Herrn Hammerstiel und den Spielleiter gestützt das natürliche Hindernis. Das aufgeplusterte Golfopoulet hockt auf seiner Schulter und scheint keinen Schaden davon getragen zu haben, ganz im Gegenteil zu seinem Besitzer.

Der Spielleiter parkt Ornak auf einem Heuballen und überlässt die weitere Versorgung dem munteren Bauern. Eifrig kramt er in seiner Flaggentasche und entrollt eine schwarze Flagge. Das sieht ganz nach einer Spielaufgabe aus, meine verehrten Damen und Herren.

Wie schade, wir hatten große Hoffnungen in den Rookie aus den Orklanden gesetzt. Was sehe ich da auf der Flagge?

Ein Kuhgesicht? Mit langen Hörnern? Ah ja, meinen Aufzeichnungen entnehme ich die Erläuterung: Spielaufgabe wegen Stierschaden. Ganz, ganz bitter!

Die Aufmerksamkeit wendet sich wieder den beiden verbleibenden Spielern auf dem Grün zu. Lissa hat bereits den dritten Schlag mit ihrem Golfopoulet gespielt und der Zwerg ist am Zug.

Nun macht er es aber spannend. Es folgt heftiges Getuschel mit Basaltharsar hinter vorgehaltener Hand. Als ob wir Lippenlesen könnten, nicht wahr? Haha …

Ah, wieder sehen wir eine neue Kreation des Erfinders. Ein schmaler Eisenblock, ohne Wölbung und Zierde? Ein Prototyp? Einen Moment, verehrte Leser, ich sehe in den Notizen nach. Ja, hier ist es, es handelt sich um einen „Puter".

Was für ein seltsamer Name. Im Interview berichtete Torkbald, dass er diesen Schläger bei extrem kurzen Distanzen anzuwenden gedenkt. Den Namen hat er in Anlehnung an die Golfohühnchen gewählt. Nun ja, sein Erfindungsreichtum scheint sich nicht in der Namensgebung niederzuschlagen. Vielleicht wäre einer der Vogelkundler der Benman Universität bereit, ihm den Unterschied zwischen Hühnern und Puten zu erläutern. Doch zurück zum aktuellen Geschehen.

Der Zwerg steht seitlich zur gelben Fahne und setzt den Puter an. Die Bewegung des Schlägers ist minimal. Nach einem leichten Schubs bewegt sich der Ball auf das Loch zu. Die Distanzkontrolle ist hervorragend, das Tempo genauestens berechnet. Schnurgerade bahnt der Ball sich seinen Weg über das Grün. Gleich fällt er! Oh, nein!!!

Der bereits einsetzende Jubel des Publikums verklingt in einem enttäuschten Stöhnen. Der Ball dreht eine Ehrenrunde auf dem Lochrand und bleibt auf dem Grün liegen. Das darf doch nicht wahr sein. Er hätte drin sein MÜSSEN!

Verärgert zieht sich der Zwerg am Bart. Er geht dem Ball hinterher und locht ihn ein. Das macht vier Schläge für den Zwerg! Basaltharsar schürzt die Lippen. Damit wird sein Chef nicht zufrieden sein.

Was kann Lissa aus dieser Situation machen? Kann sie mit dem Zwerg gleichziehen und so ein Stechen herausschlagen? Galant legt sie ihr Hühnchen an den rechten Fuß und versucht es in das Loch zu „schüppen". Kurz aber hoch fliegt das Huhn und landet fünfzig Zentimeter vor dem Loch. Es rollt, es rollt …, mir wird ganz schwindelig …, auf das Loch zu. Aber leider zu kurz. Das Golfopoulet bleibt keinen Zentimeter vor dem Loch liegen.

Lissa verpasst ihm einen letzten, leichten Stups und beendet das Spiel mit fünf Schlägen. Kameradschaftlich gratuliert sie Torkbald zum Sieg. Dem Zwerg steigt die Röte ins Gesicht, als er sich vor dem Trollmädchen verbeugt und seinen Grubenhelm lüftet. Die Zuschauer applaudieren stürmisch und fallen sich anschließend in die Arme.

Was soll ich noch sagen, verehrte Leser? Es war ein spannendes Spiel. Die Zuschauer sind definitiv auf ihre Kosten gekommen und haben in der Stadt viel zu erzählen.

An diesem Tag hat das Golfospiel viele neue Freunde gewonnen und ich bin sicher, dass bei der zweiten Maldoron Open Championship weitere Bauern ihre Weiden zur Verfügung stellen werden.

Ich hoffe, ihnen hat meine kleine Berichterstattung gefallen und mit einem Gruß an alle Leser, gebe ich zurück an die Redaktion.

>ENDE<

Maknova Gazette

Paperback

168 Seiten

ISBN-13: 9783749468447

Das Monster vom Quamtrem

Paperback

152 Seiten

ISBN-13: 9783750495388